अब और नहीं...

ओमप्रकाश वाल्मीकि

राधाकृष्ण प्रकाशन

ISBN : 978-81-8361-315-6

अब और नहीं...(कविता संग्रह)

पहला संस्करण : 2009
तीसरा संस्करण : 2022

मूल्य : ₹395

प्रकाशक
राधाकृष्ण प्रकाशन प्राइवेट लिमिटेड
जी-17, जगतपुरी, दिल्ली-110 051

शाखाएँ : अशोक राजपथ, साइंस कॉलेज के सामने, पटना-800 006
पहली मंजिल, दरबारी बिल्डिंग, महात्मा गांधी मार्ग, प्रयागराज-211 001
36 ए, शेक्सपियर सरणी, कोलकाता-700 017

वेबसाइट : www.radhakrishnaprakashan.com
ई-मेल : info@radhakrishnaprakashan.com

मुद्रक
बी.के. ऑफसेट
नवीन शाहदरा, दिल्ली-110 032

Ab Aur Nahin...
(Poems) by Omprakash Valmiki

अम्मा और अब्बा
को...

अनुक्रम

लेखा-जोखा

पसीना मिश्रित जल से
उगायीं फ़सलें
लगाये पेड़
पल भर ठिठक कर
जानना चाहा धूप का रंग

न फ़सल ही अपनी हो सकी
न पेड़ ही

तपती दुपहर में
रजबाहे की नालियों में
बहते गंगाजल से
बुझायी प्यास अनेक बार
बिना हिसाब किये—
कितनी रेत समायी पेट में
कितना पानी बदला लहू में
फिर भी,
न गंगा ही अपनी हो सकी
न रजबाहे की रेत ही

शिवालय के दरवाज़े से दूर
खड़े होकर माँगी मन्नतें
सही दुत्कार बामन की

यह सोचकर–
कभी तो खुलेगा दरवाज़ा
अपने लिए भी
भीतर सोया देवता
जागेगा किसी रोज़
पी जायेगा समूचा विष
बाहर आकर

न दरवाज़ा ही खुला कभी
न देवता ही अपना हो सका

बालिग होते ही
नाम लिखाया मत-सूची में
कागज़ का मोहर लगा टुकड़ा
हर बार डाला मत पेटी में
इस उम्मीद में–
कोई और नहीं
लोकतंत्र तो अपना होगा

गोपनीयता की शपथ में
रची गयीं साजिशें
ख़ाकी वर्दी की मंत्रणा में
मरी-दबी इच्छाओं के सायरन-सी
गूँजती-आवाज़ें
लूट-खसोट
मारा-मारी
पालों की अदला-बदली
संसद के गलियारों का
अधमरा लोकतंत्र भी
न अपना हो सका
न जगा सका
विश्वास ही!

अस्थि-विसर्जन

जब भी चाहा छूना
मन्दिर के गर्भ-गृह में
किसी पत्थर को/या उकेरे गए भित्ति-चित्रों को
हर बार कसमसाया हथौड़े का एहसास
हथेली में
जाग उठीं उँगलियों के उद्गम पर
उभरी गाँठें

जब भी नहाने गए गंगा
हरकी पौड़ी
हर बार लगा जैसे लगा रहे हैं डुबकी
बरसाती नाले में
जहाँ तेज़ धारा के नीचे
रेत नहीं
रपटीले पत्थर हैं
जो पाँव टिकने नहीं देते

मुश्किल होता है
टिके रहना धारा के विरुद्ध
जैसे खड़ा रहना दहकते अँगारों पर

पाँव तले आ जाती हैं
मुर्दों की हड्डियाँ

जो बिखरी पड़ी हैं पत्थरों के इर्द-गिर्द
गहरे तल में

ये हड्डियाँ जो लड़ी थीं कभी
हवा और भाषा से
संस्कारों और व्यवहारों से
और, फिर एक दिन
बहा दी गईं गंगा में
पंडे की अस्पष्ट बुदबुदाहट के साथ
(कुछ लोग इस बुदबुदाहट को संस्कृत कहते हैं)

ये अस्थियाँ धारा के नीचे लेटे-लेटे
सहलाती हैं तलवों को
ख़ौफ़नाक तरीके से

इसलिए तय कर लिया मैंने
नहीं नहाऊँगा ऐसी किसी गंगा में
जहाँ पंडे की गिद्ध-नज़रें गड़ी हों
अस्थियों के बीच रखे सिक्कों
और दक्षिणा के रुपयों पर
विसर्जन से पहले ही
झपट्टा मारने के लिए बाज़ की तरह!

आईना

वे पसन्द नहीं करते
'जाति' पर बात करना
क्योंकि वे नहीं हैं
पासी-चमार
भंगी-महार
जबकि वे हर रोज़ करते हैं
इस्तेमाल
इन जातियों को गाली की तरह

कड़ी मशक़्क़त और तू-तू, मैं-मैं के बाद
मैंने जुटाया है एक आईना

जिसमें उभरता है बिम्ब
जो उन्हें लगता है बीभत्स
प्रतिशोध से भरा हुआ

जितनी बार भी देखते हैं वे
उतनी ही बार हो जाता है
उनका चेहरा विद्रूप
अमानुषिक दर्प से भरा हुआ

वे फुसफुसाते हैं—
दार्शनिक मुद्रा में

क्रान्ति बोध
और जनतंत्र बोध
खो देते हैं अपना अर्थ

लहूलुहान हैं स्मृतियाँ
जंग लगी बाड़ की खरोंचों से

अम्बेडकर की आदमक़द मूर्ति के पास
बैठा मोची चीख़ता है ऊँची आवाज़ में
'किस हरामज़ादे की देन है यह जाति'

आईना धुँधलाने लगा है
जिसे कमीज़ से पोंछ कर
खड़ा हूँ चौराहे पर
जहाँ से गुज़रा है अभी-अभी
एक जुलूस
जिसमें शामिल थे
बिन चेहरों के लोग
जिनके हाथों में चमक रही थी
तलवारें, त्रिशूल और तमंचे

उनके पीछे चल रहा था एक ट्रक
जिस पर लिखा था–
'इसमें आर.डी.एक्स. भरा है'

इस ख़ूँख़ार समय में
आर.डी.एक्स. की जगह
हो सकती हैं मूर्तियाँ
जो आस्था के प्रश्न पर
कर दी जाएँगी फिट
अवैध जगहों पर

ख़ून-ख़राबे के लिए किसी तर्क की
आवश्यकता नहीं होती है

मेरी रक्त शिराओं में
हर रोज़ घुल रही है दहशत
फिर भी,
मैं बार-बार जोड़ता हूँ
विखंडित शब्दों को
चिंदी-चिंदी उस चदरिया की तरह
जिसे ओढ़कर
कभी निकला था कबीर
बनारस की गलियों में!

जूता

हिक़ारत भरे शब्द चुभते हैं
त्वचा में
सुई की नोक की तरह
जब वे कहते हैं
साथ चलना है तो क़दम बढ़ाओ
जल्दी-जल्दी
जबकि
मेरे लिए क़दम बढ़ाना
पहाड़ पर चढ़ने जैसा है
मेरे पाँव जख़्मी हैं
और जूता काट रहा है

वे फिर कहते हैं
साथ चलना है तो क़दम बढ़ाओ
मेरे पीछे-पीछे आओ

मैं कहता हूँ
पाँव में तकलीफ़ है
चलना दुश्वार है
मेरे लिए
जूता काट रहा है

वे चीख़ते हैं

भाड़ में जाओ
तुम और तुम्हारा जूता
मैं कहना चाहता हूँ
मैं भाड़ में नहीं
नरक में जीता हूँ
पल-पल मरता हूँ
जूता मुझे काटता है
उसका दर्द भी मैं ही जानता हूँ
तुम्हारी महानता मेरे लिए स्याह अँधेरा है

वे चमचमाती नक़्क़ाशीदार छड़ी से
धकियाकर मुझे
आगे बढ़ जाते हैं
उनका रौद्र रूप—
सौम्यता के आवरण में लिपटकर
दार्शनिक मुद्रा में बदल जाता है
और मेरा आर्तनाद
सिसकियों में

मैं जानता हूँ
मेरा दर्द तुम्हारे लिए चींटी जैसा
और तुम्हारा अपना दर्द पहाड़ जैसा
इसीलिए
मेरे और तुम्हारे बीच
एक लम्बा फ़ासला है
जिसे लम्बाई से नहीं
समय से नापा जायेगा।

जो मेरा कभी नहीं हुआ

जन्म के समय
सब कुछ वैसा ही नहीं था
जैसा मैंने चाहा था
बड़ा होने पर

घर था
छत नहीं थी
खटिया थी
बिस्तर नहीं था

लीपा-पुता चूल्हा था
जो बदलता रहता था
अपनी जगह
मौसम के साथ

स्कूल था
जहाँ भरी जाती थी नस-नस में
जातीय हीनता
शब्दों की घुट्टी में घोलकर

नौकरी है
जहाँ पीछा करती नजरें

करने लगी हैं खड़ा कठघरे में

यक़ीनन
बहुत मुश्किल है समय
जब चलना है
आगे-पीछे
दायें-बायें
ऊपर-नीचे
अपने आपको बचाकर

जुटानी है रोटी
सीधे चलते हुए
बिना किसी शिकवे-शिकायत
और कातर गुहार के

सब कुछ था
मेरे जन्म से पहले भी
और जन्म के बाद भी

लेकिन मैं
उसे अपने पक्ष में
कर लेने में रहा असमर्थ ही

मेरी इस असमर्थता में
बहुत बड़ा हाथ था
मेरे धर्म का
जो मुझे बाँध कर तो चाहता है
रखना
लेकिन वह मेरा
कभी नहीं हुआ!

जाति

देखे हैं यहाँ हर रोज़
अलग-अलग चेहरे
रंग-रूप में अलग
बोली-बानी में अलग
नहीं पहचानी जा सकती
उनकी जाति
बिना पूछे!

मैदान में होगा जब जलसा
आदमी से जुड़कर आदमी
जुटेगी भीड़
तब कौन बता पायेगा
भीड़ की जाति

भीड़ की जाति पूछना
वैसा ही है
जैसे नदी के बहाव को रोकना
समंदर में जाने से

'जाति' आदिम सभ्यता का
नुकीला औज़ार है
जो सड़क चलते आदमी को
कर देता है छलनी
एक तुम हो

जो अभी तक चिपके हो जाति से

न जाने किस....ने
तुम्हारे गले में
डाल दिया है जाति का फंदा
जो न तुम्हें जीने देता है
न हमें

लुटेरे लूटकर जा चुके हैं
कुछ लूटने की तैयारी में हैं
मैं पूछता हूँ
क्या उनकी 'जाति' तुमसे ऊँची है?

किष्किंधा

हज़ारों वर्ष का अँधेरा
छिपा बैठा है मेरी साँसों में
काँपता है दीये की लौ-सा
और तब्दील हो जाता है कविता में

जब तुम मुस्कुराते हो ताली बजाकर
मुझे याद आती है
बालि की गुफ़ा और उसका क्रोध

बालि : जो मारने गया था राक्षस
गुफ़ा के भीतर
द्वार पर खड़ा करके सुग्रीव को

बहता लहू देखकर
कर दिया था बन्द गुफ़ा-द्वार
सुग्रीव ने
फँसाकर बड़ा-सा पत्थर
और हथिया ली थी सत्ता

किष्किंधा रोयी थी उस रोज़
ज़ार-ज़ार
अँधेरे में मुँह छिपाकर

जूझना पड़ा था बालि को

बाहर आने के लिए
हटाना पड़ा था पत्थर
जो अवरोधक था उजाले का

बालि हैरान था
किष्किंधा पहुँच कर
सुग्रीव बैठा था उसकी जगह
अधिकारी की मुद्रा में

मेरे अंतस की गुफ़ा में
बन्द पड़े हैं असंख्य बालि
जो बाहर आयेंगे किसी दिन
अवरोधक हटाकर

बालि जागेगा
तो काँपेगी किष्किंधा
जहाँ द्वार पर खड़ा है अंगद
पालतू कुत्ता बनकर

मेरा अँधेरा तब्दील हो रहा है
कविताओं में
याद आ रही है मुझे
बालि की गुफ़ा
और उसका क्रोध!

अँगूठे का निशान

इतिहास की परिधियों से बाहर
नहीं खड़े हुए अपनी इच्छा से

वृत्ताकार दायरे में भी
चक्कर नहीं काटे
चाँद-तारों के लिए

ज़ोर-जबर की दहशत में
नहीं भटके शहर-दर-शहर

टुच्चे लोगों की ठगी ने
बदल दी चेहरों की रंगत

रात और दिन का फ़र्क भी नहीं ज़ाना
साँसों में भरकर धूल के गुबार
जीये बरसों बरस
उसी तरह जैसे जीये पुरखे

इतिहास जानना
पहचानना
गढ़ना
नहीं सीख पाए
भूल गये पुरखों की वे तमाम स्मृतियाँ
जिन्हें रखना ज़रूरी था सहेजकर

भविष्य के अँधेरों के लिए

गोल घेरों से बाहर खेदेड़े गए
हम नहीं जानते
क्यों मटमैला है इतना
मौसम का रंग
धूप झुलसाती है क्यों
हमारी ही त्वचा

बहा ले जाती है बारिश
हमारे ही घर
क्यों मर जाते हैं ठंड में
बूढ़े माँ-बाप हमारे ही

थोड़ा-थोड़ा जानने लगा हूँ
टुच्चे लोगों की असलियत
कानफाड़ू शास्त्रीयता
और छद्‌म शब्द जाल का रहस्य

सच बोलने से नहीं रोक पायेंगे
अब शातिर देवता भी
फड़फड़ायेंगे इतिहास पृष्ठ
कहेंगे आओ, दर्ज कर दो
किसी भी पन्ने पर
अपने अँगूठे का निशान!

दीवार के उस पार

खुली सड़कों पर टहलते
आराम तलब लोग करने लगे हैं बहस
ऊँची आवाज़ में
चिल्लाने लगे हैं
यह निषिद्ध क्षेत्र है
जहाँ हमने लगायी है नेम प्लेट
अपने पुरखों की
दर्ज किया है इतिहास में जातीय गौरव

मत आने दो इस ओर
असभ्य, संस्कृति विहीन, विपथितों को

अतीत से बाहर आती क्रूर हँसी
किरकिराने लगी है आँखों में
चेहरों का ठंडापन
और पसीने से भीगी हथेलियाँ
भूल जाना चाहते हैं
पीठ पर रेंगती पीड़ा का एहसास

काग़ज़ पर उभरते अक्षर
करवट बदलने लगे हैं

भविष्य का अँधेरा
ठहाके मारकर हँसने की कोशिश में

विद्रूप हो उठा है
दीवार के उस पार उग आयी है
काँटेदार बाड़
जिसे पार करने कई पीढ़ियाँ
जो जीना चाहती हैं
अपनी शर्तों पर
बिना डरे
साँप की केंचुल-सा हीनता बोध
उतार फेंका है
दीवार के उस पार
जहाँ सड़ रहा है
सदियों से जमा कूड़ा।

काले दिनों में

विनाशकारी साज़िशों के निशान
मौजूद हैं
मेरे सीने और पीठ पर
दे रहे हैं गवाही
अतीत के स्याह दिनों की

शब्दों की कारीगरी से
छिपाओगे जितना
उघड़ेंगे और ज़्यादा
दिखायी देगी तुम्हारी क्रूरता

तमाम कलाबाज़ियाँ जायेंगी व्यर्थ
नहीं ढक पाएँगी
अमावस्य-सी काली रातों को
भयानक शक़्ल के देवता भी
नहीं बचा पाएँगे
तुम्हारा वजूद

मेरी आँखों में बसी दहशत
घृणा में बदल रही है
उन धर्म ग्रंथों के विरुद्ध
जो रास्ते में खड़े हैं
कँटीले झाड़-झंखाड़ की तरह
अवरोधक बनकर

गंदे-जर्जर पन्नों की इबारत
मैं नहीं पढ़ पाया
तुम्हारे पाँव की आहटें
पहचान लेता हूँ अच्छी तरह
अँधेरे में भी
तुम्हारे पदाघात सीने को दरकाते हैं
नहीं रहने देते सही सलामत
मेरुदंड भी
टीसता है दर्द पसलियों में
एक-एक शब्द का
जिसे रचा है तुमने
मेरे जिस्म पर काले दिनों में!

गोदामों में बन्द रोशनी

उसने रेत पर उँगली घुमायी
नदी, नाव, चप्पु साकार हो उठे
पत्थर पर छैनी चलायी
मूर्तियाँ बोलने लगीं
लोहे की फाल से
ज़मीन के सीने पर लकीर खींची
फ़सलें लहलहा उठीं

खुरदुरे लहूलुहान हाथों से
जब-जब कोशिश की
आग जलाने की
गीली लकड़ी धुआँ बनकर
उतर गयी आँखों में

ख़ामोश चीख़ों का कोलाहल
सुलगता रहा इर्द-गिर्द

यातनाओं की बारिश में
भीग गया वर्तमान
सीलन भरा भविष्य
कौंधने लगा रक्त शिराओं में

इन सब के बावजूद
नहीं हुए वे हाथ पत्थर

उम्मीदों का स्पर्श
भ्रम के झुटपुटों से बाहर लायेगा
एक दिन
काले साये में लिपटी
सलाख़ों के पीछे खड़ी
गोदामों में बन्द रोशनी!

कोई ख़तरा नहीं

शहर की सड़कों पर
दौड़ती-भागती गाड़ियों के शोर में
सुनायी नहीं पड़ती
सिसकियों की अनुगूँज

पास से गुज़रते हज़ारों लोग
ठिठकते हैं पलभर
खो जाते हैं भीड़ के समंदर में

समंदर : जिसके रेतीले तट पर
पड़ी सीपियाँ खाली हैं
लहरें भी नहीं टकरातीं किनारों से
हवाओं का शोर भी
गुज़र जाता है ख़ामोशी से
अजनबी की तरह

सभ्य लोग चिन्तित हैं
पेड़-पौधों और पशु-पक्षियों के लिए

पर्यावरण पर बोलना, सोचना
लिखना
कितना आसान है
कहीं कोई ख़तरा नहीं
न धर्म विरोधी होने का डर

न साम्प्रदायिकता का भय
डराने-धमकाने भी नहीं आयेगा
कोई 'दल'
संस्कृति भी बची रह जायेगी।

ख़ाली हाथ

बहुत कोशिश की
यह जानने की
आस-पास उठते धुएँ में
इतनी चुप्पी क्यों?
कभी ख़ुद को अँधेरों में डुबोकर
कभी उजाले में आँखें खोलकर

हाथ ख़ाली हैं
जैसे महीने के आख़िरी दिनों में
रसोई में रखा
आटे का कनस्तर

सुबह आँख खुलते ही
अक्सर देखा सपनों की राख का ढेर
जिसमें उम्मीद करना
किसी चिंगारी की बेमानी है

मटमैली आस्तीन की गन्ध
साँसों में जलती है

सच को सच मान लेना
बहुत मुश्किल होता है!

दहलीज़

दहलीज़ पार कर
हमेशा रहा हूँ तत्पर मैं
करने के लिए प्रवेश
तुम्हारे आँगन में

ज़िसे बना रखा है तुमने वर्जित
मेरे लिए सदियों से
साथ ही बाँध रखे हैं
पालतू कुत्ते दरवाज़े पर
जो मुझे देखते ही
भौंकते नहीं हैं अब
सिर्फ़ फुसफुसाते हैं
सांकेतिक भाषा में
और तुम कर लेते हो बन्द
कपाट अपने

बहुत ढूँढ़ने पर भी
नहीं मिले ऐसे क्षण
बीती शताब्दियों में
जब मेरे और तुम्हारे बीच
कुछ ऐसा घटा हो
जिसे किया जा सके दर्ज
प्रेम की पोथियों में

बस, तुमने मान लिया
घृणा को ही सर्वोपरि

मैं तो चाहता हूँ
खुल जाये मेरा दरवाज़ा
तुम्हारी गली में
लेकिन
वहाँ भी बैठा रखे हैं तुमने
पहरेदार

जो लैस है
आग्नेय अस्त्रों से

पाते ही इशारा
कर देते हैं जख़्मी
मेरे जिस्म को

इसके बावजूद मैं
चाहता हूँ पार करना
अपनी दहलीज़।

कोलाहल

मेरे भीतर का कोलाहल
मशीनों के शोर में
और ज़्यादा घना हो जाता है
झटकता है इधर-उधर
फिर-फिर लौट आता है
उलझे-उलझे शब्दों के साथ

मशीनों पर आकार ग्रहण करता लोहा
छिल-छिल कर गिरता है
गड़ता है अक्सर जूते, चप्पलों में
गर्म कतरनों की चुभन
महसूस होती है तलवों में

कारीगर की उँगलियों से
रिसते लहू को देखकर
मेरी बेचैनी
मशीनों की घरघराहट से मिलकर
ढलने लगती है शब्दों में एकाकार होकर

गूँगी चीख़ों में परत-दर-परत छिपी
दुःखों की कहानी
रह जाती है अनसुनी

हृदय के स्पन्दन

घटते हैं
बढ़ते हैं
हर रोज़ एक-सी रफ़्तार में
फिर भी
भीतर का शोर
कम नहीं होता!

हमलावर

अक्सर लगता है
जैसे चलती-फिरती भीड़
तब्दील हो गयी है
कँटीले दरख़्तों में
जिनकी डगालों पर बैठे हैं
बड़े-बड़े पंखों वाले गिद्ध
जो टूट पड़ेंगे
किसी भी दिन
एक दूसरे पर

हवा में गूँजेंगे रक्त सने शब्द
टकरायेंगे बन्द खिड़कियों से
प्रतिध्वनित होकर

बार-बार दोहराये गये शब्द
हो जायेंगे अनचिन्हे, अर्थहीन
या फ़िर ख़ूँख़ार
परत-दर-परत
चढ़े होंगे कई-कई चेहरे एक साथ

आख़िर अतीत की हताशा
और वर्तमान का बेचैनी
कभी न कभी होगी ही बेपर्दा

चीर डालेंगे हम अपने ही सीने
देखने के लिए
कितना रक्त लेते हैं धमनियों से
और कितना लौटाते हैं
रक्त शिराओं को
हृदय के स्पंदन

अपने-अपने पहाड़
नदियाँ, नाले, पोखर, बस्तियाँ
तलाशते-तलाशते
रह जायेंगे निपट अकेले
अपने ही दायरे में सिमटकर

चारों ओर खड़ी
भीड़ का दर्दनाक कोलाहल
सुनायी नहीं पड़ेगा
जंगली भेड़िये आ खड़े होंगे
किसी भी वक़्त
हमलावर की शक़्ल में!

विस्फोट

विस्फोटों की उत्तेजना में
उत्सव मनाते हाथ
खींच लाये हैं
भविष्य की आग में झुलसा
अँधेरे का रथ

युद्धोन्माद में
मुश्किल होता है
रास्ता ढूँढ़ पाना
बेमानी हो जाती है
सपनों की तलाश

पगडंडियों पर बिखरी किरिचें
कर देती हैं
लहूलुहान तलवों को

उल्लसित हैं चेहरे
जो दे रहे हैं देश निकाला
तथागत को

तथागत जानते हैं–
इस बार घर छोड़ा
तो लौटकर आना
सम्भव नहीं होगा।

सदी का आख़िरी पहर

हम छू भी नहीं पाते
मैदान के बीच खींची रेखा
बज जाती है सीटी
खेल ख़त्म होने की
पारी शुरू होने से पहले ही

हमारी ख़ामोशी गूँजती है
हमारे ही भीतर
आपातकालीन सायरन-सी

घुमड़ते हैं चक्रवात
दहकती हैं रातें
रिसता है लावा चुपचाप
ठंडे रक्त से

आँखों में भरी हीनता
हुंकारती है
फूट पड़ना चाहता है
आग का दरिया

टिमटिमाते बल्ब की रोशनी में
देख रहे हैं
सदी का आख़िरी
कुहासे में लिपटा हुआ!

मौत का चेहरा

घूमना चाहता हूँ
भयरहित
देवताओं की बस्ती में

जहाँ हर जगह भीड़ लगाये
खड़े हैं देवता-पुत्र
चीख़ रहे हैं
आग्नेय भाषा में

हरे पेड़ सूखने लगे हैं
घट गयी है संख्या चिड़ियों की
बादलों ने भी
बदल लिया है रास्ता
जलने लगी है त्वचा
सूरज की तपिश से

जब से दाख़िल हुआ हूँ मैं
देवताओं की बस्ती में
बहुत तीव्रता से दौड़ने लगा है रक्त
मेरी धमनियों और शिराओं में

यह ख़तरनाक है
किसी भी क्षण

हो सकती है मौत

देवताओ!
कभी देखा है तुमने
मौत का चेहरा?

मकड़ जाल

मैं जानता था
वे बुलायेंगे मुझे एक दिन

मैं गया था
निहत्था ही
उनके बुलावे पर

अपना डर तर्क में लपेटकर
झूठ बोल रहे थे वे
लगा रहे थे
आरोप मुझ पर

उनके शब्द कर रहे थे हमला
डरी-डरी आँखों से
कतरा रही थी उनकी नज़र
मेरी नज़र से

अपने पक्ष में मेरा बोलना
उन्हें गवारा नहीं था

उन्होंने बुन लिये थे
मकड़ी के महीन जाले
अपने ही इर्द-गिर्द

मैं जानता हूँ
उनका अन्त होगा
अपने ही बनाये जाल में
मकड़ी की तरह

उतारकर
फेंक दिया है मैंने
अपना डर!

एक और युद्ध

जब-जब भी तुम कोशिश करते हो
आदमी बनने की
वे चौकन्ने होकर
लग जाते हैं तैयारी में
एक और युद्ध की

सीधे खड़े होकर
आसमान की ओर ताकना
उन्हें गवारा नहीं

वे नहीं चाहते तुम वह सब करो
जो किया था निषेध तुम्हारे लिए
उनके पुरखों ने

वे हँसते हैं
तुम्हारे बोलने के ढंग पर

वे चिढ़ते हैं
तुम्हारे गुनगुनाने पर

वे सख़्त नाराज़ हैं
तुम्हारी बेबाक अभिव्यक्ति पर

वे बेहद ख़ुश हैं

उस आदमी से
जो खड़ा है सिर झुकाये
उनकी भीड़ में
जिसे जब चाहें
करते हैं इस्तेमाल
निर्जीव, जड़ पदार्थ की तरह

तुम्हारे बच्चों का नंगापन
उन्हें अश्लील नहीं लगता
बुरा भी नहीं लगता
तुम्हारी स्त्रियों के अंगों को
गाली की तरह प्रयोग करना

बुरा लगता है उन्हें
जब तुम उनकी गाली को
अपनी भाषा में
इस्तेमाल कर उछालते हो
पत्थर की तरह
उनकी ओर विरोध में
उनके साफ-सुथरे घरों में
तुम्हारा प्रवेश निषेध है

तुम्हारे चेहरों की ख़ुशी में
उन्हें अपनी हार दीख पड़ती है
उनके ज़हरीले पंजे गड़ जाते हैं
तुम्हारे जिस्म में

नदी-नाले रक्त से भरे
सींचते हैं उनके खेत
दर्द से कराहती है धरती
हवा में नहीं गूँजता संगीत
बास आती है

लाशों के सड़ने की

जंगली भेड़िये पढ़ रहे हैं
धर्म शास्त्र
रच रहे हैं
निषेधात्मक नियम
उपनियम और धाराएँ
बदल रहे हैं अर्थ अपने अनुसार

ऐसे माहौल में
तुम जब भी करते हो कोशिश
आदमी बनने की

वे लग जाते हैं तैयारी में
एक और युद्ध की!

विपथित संघर्ष-यात्रा : एक

जब घर से चले थे
चेहरे पर नीली आभा थी
आकाश में चमकते नये सूर्य की
आँखों में पहाड़ी नदी का तीव्र प्रवाह
मार रहा था हिलोरें
साँसों में शोर था तूफ़ानी हवाओं का
कानों में गूँज रही थी
पुरखों की दर्दनाक चीख़ें
नगाड़ों की तरह

हृदय में उठता था
हाहाकार

समय की परिधियों से बाहर
निकलकर
उमड़-घुमड़ करती थी
विश्वास में छले जाने की
सदियों पुरानी यातना
सुविधाओं की परछाईं में
छूटने लगा है सभी कुछ
फिसलने लगा है समय
मुट्ठी में बन्द रेत-सा

लहू में बसा हुआ

बर्बर संस्कृति का भय
बुना हुआ है मकड़ी के जाले-सा
इर्द-गिर्द
महीन अदृश्य धागों से
हौसला टूट रहा है

नया सोफ़ा आने से पहले
आ गया है मखमली कालीन
ड्राइंग रूम में
जिस पर बैठाना चाहता हूँ
धुले-पुँछे जिस्म
साफ़-सुथरे पाँव

स्मृतियाँ धुँधलाने लगी हैं
फीका पड़ रहा है नीला रंग
जिसने सिखाया था
अपने हक़ में लड़ने का तरीक़ा
आदमी को देखना
आदमी की तरह

आने वाला समय
गहरा काला लबादा ओढ़कर
पसर गया है
उन बस्तियों में
जहाँ ताज़ा हवा प्रतिबन्धित है
इसके बावजूद मैं
सजाने लगा हूँ ड्राइंग रूम
उनके लिए
जो शामिल हैं
इस साज़िश में!

विपथित संघर्ष-यात्रा : दो

मैं जाना चाहता हूँ दीक्षा भूमि
अदृश्य भय पीछा करता है
दिखाना चाहता हूँ परिवारजनो
सगे-संबंधियों को
चैत्य भूमि

असमंजस में पड़ जाता हूँ
छिपा लेता हूँ ख़ुद को
दिग्भ्रमित होकर
झूठ की आड़ में
घुन की तरह समा गया है भय
मेरी हड्डियों में

पत्नी रोपना चाहती है
गमले में तुलसी
मैं तिल-तिल मरने लगता हूँ
ढीली पड़ जाती हैं
मांसपेशियाँ

मेरी यह कोशिश
धोखा देगी मुझे
अँधेरे में खो जायेंगी
आने वाली पीढ़ियाँ
यह सब जानते हुए भी

मैंने स्थगित कर दी है
अपनी संघर्ष-यात्रा
भय ने घेर लिया है मुझे
चारों ओर से!

शब्द झूठ नहीं बोलते

फेंक दिये थे तुमने त्याज्य मानकर
जो शब्द
दहक रहे हैं
अँगारों की तरह
कूड़ेदान से बाहर निकलकर

राजसिंहासन के इर्द-गिर्द
लार टपकाते बहुरूपिये
ओढ़कर लकदक शब्दों का आवरण
खड़े हैं खिलाफ़ उनके
भीगे हैं जिस्म जिनके पसीने से
झुलस गये हैं चेहरे
आसमान से बरसती धूप से

जो न शब्दों को ओढ़ते हैं
न बिछाते हैं
सिर्फ़ इतना जानते हैं–
झूठ नहीं बोलते शब्द
दुर्दिनों में भी
पार कर लेते हैं
उफनती नदी की बाढ़
बिना किसी सहारे के भी

हज़ारों साल की यातना भूलकर

निकल आये हैं शब्द
कूड़ेदान से बाहर
खड़े हो गये हैं
उनके पक्ष में
जो फँसे हुए हैं अभी तक
अतीत की गहरी दलदल में!

सज़ा

नहीं मरे विनाशकारी युद्धपोतों से
न हवाई हमले में ही
हुए उनके जिस्म घायल

दंगों में भी
वे नहीं मारे गये

करार दिये गये
बाग़ी की मौत भी
नहीं मिली उन्हें

वे रहे बेख़बर
उस दुश्मन से
जिसकी सेवा-टहल में
खप गयीं पीढ़ियाँ
बिक गयी भूखी-नंगी
मर गयी बेमौत
बेनाम
चिर-परिचित गलियों में

जन्म लेने भर की
इतनी बड़ी सज़ा
आख़िर
कुछ तो सोचा होता!

अपरिचित

मिलते हैं हर रोज़
साथ-साथ पढ़ते हैं अख़बार
गुनगुनी धूप में पसरकर
करते हैं बातें
दुनिया जहान की

भावुकता भरे क्षणों में
करते हैं कोशिश
बाँट लेने की
अपने-अपने दुःख
फिर भी रह जाता है बहुत कुछ
गोपनीय

भावुकता लोमड़ी में बदल जाती है

दूर हो जाते हैं
छिटककर
परस्पर गुँथे सूत्र
अलग-अलग छोर से गूँजती
प्रतिध्वनियाँ
करने लगती हैं भयभीत

धूप भी हमें बाँध नहीं पाती
डर धकेलता है

गहरी अँधेरी खोह में
जहाँ एक हाथ खो देता है विश्वास
दूसरे हाथ का

रोज़ मिलते हैं
फिर भी अपरिचित हैं
एक दूसरे से।

प्रतिबन्ध

मेरी ज़रूरतों में
सिर्फ़ एक जोड़ी जूता
कुछ कपड़े
दो वक़्त की रोटी
सिर ढँकने को छत ही नहीं
एक नदी भी है
जिसके रेतीले तट पर
पा सकूँ सुकून पल भर

पानी की तरलता
आँखों में भरकर
देख सकूँ निरभ्रता आकाश की

पेड़ भी है—
जिसकी छाँव मेरी हो
शाखाएँ पक्षियों की
पत्ते धरती के

इसके अलावा भी
बहुत कुछ है जो मेरी ज़रूरत है
मसलन खेत
रास्ते
धूप, रोशनी

काग़ज़, कलम...
आस-पड़ोस...

मुझे डर है
मेरी ज़रूरतों का पता चलते ही
वे हथिया लेंगे
तमाम चीज़ें
कर देंगे प्रतिबन्धित
पेड़ की छाँव
बाँध देंगे नदी का जल
सुदृढ़ दीवारों से
लिख देंगे—
'चेतावनी'
दूर रहो
यह प्रतिबन्धित क्षेत्र है!

दहशत

रोशनी का क़तरा
दुबक गया है छिटककर
क़िले की ओट में
जहाँ सीना ताने खड़ा है अँधेरा
मखमली लिबास में

और हम
अँधेरे में गूँजती चीत्कारों से
भयभीत अचकचाये
निर्जीव बोझ उठाये
खड़े हैं गुफ़ा द्वार पर

बारिश में भीगती
हमारी त्वचा और रक्त शिराएँ
भूल जाती हैं
मौसम का एहसास

टीसता है युग

कुटिल ऐतिहासिक प्रपंच
छलते हैं
लाख चाहती है बोलना सच
धर्म ग्रंथों की संकीर्णताएँ
देखने नहीं देतीं

सुबह की रोशनी
जिसके लिए जोहते हैं बाट हम

पागलपन के दौर में
हर सुबह आती है
छतरी की तरह सिर पर ताने
परस्पर कलह
जो बदल रही है राष्ट्रीयता में

और अधिक सुदृढ़ हो गया है
अँधेरे का क़िला
तैनात है बंदूक़धारी द्वार पर।

गीली ज़मीन

सहस्रों सूर्य दहकते हैं
हथेलियों में
फूटती हैं नदियाँ
रोम-रोम से

कुंडली मारे बैठे हैं
अपराधी समूह
वहाँ
जहाँ-जहाँ
बोया है हमने अपना रक्त
असंख्य उम्मीदों के साथ
ज़मीन के उन तमाम हिस्सों को
दबोच लेते हैं वे
अपनी शालीनता की आड़ में
उनकी जिह्वा से निकलते शब्द
झरते हैं
जैसे मौसम के फूल
चमचमाती स्याह सड़कों पर
और फिर
होने लगते हैं तब्दील
दनदनाते पत्थरों में,
जब-जब कोशिश की हमने
अपनी इच्छाओं को
दर्ज करने की

जलने लगते हैं चौराहों पर
उत्तेजित अबोध जिस्म
जिनकी शिनाख़्त करना भी
होता है मुश्किल

उनकी बाँहों पर खुदे होते हैं
संस्कृति के गोदने
और पीठ पर अतीत की प्रताड़ना
फिर भी खड़े हो जाते हैं वे
उसी जगह
जहाँ से नहीं पहुँचती
उम्मीदों की राख भी उनके लिए

कितने डरावने होते हैं वे दिन
और रात
जब चारों ओर गूँजती हैं सीटियाँ
रँगी होती हैं
अख़बारों की सुर्ख़ियाँ
लहू से

लहू : जिसे बोया है हमने
गीली ज़मीन में
पसीने का भेद भूलकर
अपनी अतृप्त इच्छाओं के साथ!

इन अपाहिज दिनों में भी

खोजना चाहा एक रास्ता
अपने लिए
उनके लिए
जो तरसते हैं जीवन भर
किसी पगडंडी के लिए
जहाँ वे बचा सकें
अपने तलवों को ज़ख़्मी होने से

अँधेरी खोह में
रास्ता ढूँढ़ने की कोशिश
कर देती है लहूलुहान
टीसता है पोर-पोर

आँखों में नाचती हैं
बारिश की बूँदें
हथेली पर थिरकते हैं
रेतीले भँवर
धुँधला जाती है
आँखों की रोशनी
अधपके मोतियाबिन्द से

घूम-फिरकर
ख़ुद को पाते हैं वहीं
जहाँ से चले थे

आशा-निराशाओं के बीच
खुलने नहीं देते
आकांक्षाओं के दरवाज़े
अँधेरी गलियों के मुहाने

खंडित यात्राओं से लौट-लौटकर
बचाते हुए
अपना हौसला और विश्वास
खड़े होना है
मौसम के खिलाफ
इन अपाहिज दिनों में भी!

ज़हर

मेरे इर्द-गिर्द एक भीड़ है
जिसमें चेहरे हैं
धूप से झुलसे हुए

जिनकी हथेलियों में
पड़ गयी हैं गाँठें
ज़बान पर चिपकी है दहशत
फिर भी
देखते हैं सपना
रात-दिन
ज़िन्दा रहने का

उनके भीतर भरा है ज़हर
जिसे बचाकर रखा है
उन दिनों के लिए
जब मना कर देंगी
रक्त वाहिनियाँ
जुनून ढोने से
गर्म उबाल का

तब उस ज़हर को
रक्त शिराओं में उँडेलकर
भूल जायेंगे वे
धूप से झुलसी

त्वचा का रंग
हथेलियों में उभरी गाँठों का दर्द

बाहर कर देंगे
शब्दकोश से
धर्म सूत्रों की साज़िशें
महान ग्रंथों में रची घृणाएँ

जानना चाहेंगे वे
जीवन के तमाम स्वाद
जो कभी नहीं आये
हिस्से में उनके
हज़ारों साल से!

श्रेष्ठ

हिकारत से पूछा उसने
मेरा नाम
मेरी जाति
मैं गड़ गया ज़मीन में
हीनता बोध से

एक रोज़ मैंने भी
जुटायी हिम्मत
और पूछ लिया उससे
वही सवाल
देखा उसने मेरी ओर
बोला, 'मैं जन्मा हूँ ब्रह्मा के मुख से'
इसीलिए श्रेष्ठ हूँ

ताज्जुब है!

मनुष्य का जन्म तो होता है
सिर्फ़ माँ के गर्भ से
फिर आप कैसे पैदा हो गये
ब्रह्मा के मुख से?

लावा

भीतर एक बेचैनी है
धूप-सी दहकती हुई
जिसे मैं दुःख कहना भी चाहूँ
तो भी कह नहीं पाता हूँ

दुःख तो पुरानी बँधी किताबों-सा
बन्द पड़ा है
एक कोने में

जड़ से उखड़कर जब गिरता है
कोई पेड़ बिना आहट के
तब और ज़्यादा बढ़ जाती है
मेरी बेचैनी

रोशनी का होना
या न होना
कोई मायने नहीं रखता
जब भुला चुके होते हैं देखना
चीज़ों को
उनके उसी रूप में
जैसे वे जन्मी थीं

बौद्धिक परिष्कृत भाषा में
समझाते हैं कुछ लोग

मेरे होने या न होने का अर्थ

देखते हैं सन्देह से
मेरी हर एक हरकत को
सूक्ष्मदर्शी यंत्र से

मैं बेचैन हूँ
क्यों नहीं उगता ज्वालामुखी
मेरी हथेली पर
क्यों नहीं फूट पड़ता
उबलता लावा मेरे सीने से

हर रोज़ लड़ना पड़ता है
निहत्थे ही गुप-चुप युद्धों से!

कथावाचक

बहुत कोशिशों के बाद भी
नहीं सुना सका मैं
गाँव-देहात के क़िस्से
कथावाचक की तरह

हालाँकि
अभी भी ज़िन्दा है
मेरा देहातीपन
खुदा हुआ है
रेशे-रेशे पर
गाँव-देहात का आड़ा-तिरछा
ऊबड़-खाबड़ नक़्शा
मटमैली लकीरों में

जिन्हें कुरेदते हुए
बार-बार ज़ख़्मी होता हूँ
अपने ही नाखूनों से

करता हूँ कोशिश
भूल जाने की
जंग खाये दिनों की
बीभत्स यादों की
जो शूल-सी गड़ी हैं सीने में

पसीना और लहू
दाहकता भूलकर
हो गये हैं रंगहीन

खेतों की पगडंडियाँ
खो जाती हैं
रजबाहे की पुलिया तक
पहुँचने से पहले ही

सूरज की तपिश
और आग की आँच
संग-साथ खेलती हैं
मेरे इर्द-गिर्द

सूखा भी लगता है दुःख ही
दुर्दिनों में
जिनकी परछाईं पीछा करती है
महानगर की चौड़ी सड़कों पर भी

खेत-खलिहानों
कल-कारख़ानों
गाँव-शहरों में बहता लहू
नहीं बन सका अभी तक
ऐसी कविता
जो बता सके सही-सही
स्याह दिनों का रंग
सुना सके
आग में झुलसती बस्तियों की
दर्दनाक चीख़ें

डरा-डरा-सा मैं
खड़ा हूँ भीड़ के बीच

तिलकधारी और उसका सहयोगी
मार देता है डंक किसी भी क्षण
तक्षक बनकर
सोख लेता है रक्त
मेरी उँगलियों से

नहीं होता विश्वास
चकाचौंध कर देने वाले
उन असंख्य शब्दों पर
जो अटे पड़े हैं अलमारियों में
बड़े-बड़े पुस्तकालयों की

इसीलिए
माफ़ करना भाई,
नहीं सुना सकता मैं
क़िस्से
झूठ बोलकर
कथावाचक की तरह!

कमीज़ का टुकड़ा

वे आये थे माँगने
हमारी जर्जर कमीज़ का टुकड़ा

जिसे टाँग दिया उन्होंने
राजधानी के बीचोबीच
चौराहे पर

खड़ी कर दी थी
आदमक़द मूर्ति
बदल दिया था
शहर का नाम

लगाये थे भव्य मेले
जिसमें भीड़ थी
हर चेहरे पर चढ़ा था
एक मुखौटा

घृणा से उपजे नारों की गूँज
कैमरों के शटर की सरसराहट
अलग-अलग मुद्रा में
मुस्कुराती तस्वीरें

आक्रोश भरी चीख़ें
महीन मुस्कान की गलबहियाँ

सत्ता के गलियारों की गुप-चुप मंत्रणाएँ
सिरविहीन, बदमिजाज़
थुल-थुल बीमार चेहरे
मुलाजिमों की पहरेदारी में
बदलती आकृतियाँ

शहर दर शहर
दंगों की ख़बरें
चौक पर लगी मूर्ति
जिसे कर दिया गया खंडित

समूचा शहर खो गया
कसैले धुएँ की परत में
रोशनी के इन्तज़ार में
हम ढूँढ़ते हैं
अपनी फटी कमीज़ का टुकड़ा
अख़बार की सुर्ख़ियों में
जिसे टाँग दिया था उन्होंने
राजधानी के चौराहे पर
झंडे की तरह!

स्याही से रँगे शब्द

मुश्किल था मेरे लिए
स्याही का रंग पहचानना
उन दिनों जब चारों ओर बिछे थे
नुकीले काँटे
खींची थी बाड़
तलवों से रिसता था लहू
चीख़ भी नहीं सकते थे
कितने अपाहिज थे
चीथड़ों में लिपटे दिन

अजनबी था मेरे लिए
पहचानना उस शब्द को
जो गूँज रहा था पूजा घरों में
और राजमहलों में

रास्तों के बन्द मुहानों पर
गुमसुम कोलाहल
टकराता था दीवारों से
दुष्कर था मेरे लिए साँस लेना

अपने ही हाथ पैर
नहीं थे अपने

और
फिर एक दिन जब
रोशनी चमकी
काली रातों और मटमैले दिनों में
फड़फड़ाने लगे जिस्म
पंख कटे कबूतर की तरह
रो पड़ीं उँगलियाँ
अतीत और वर्तमान की चौखट पर
बस,
उसी रोज़ कर दिया ख़ारिज
उस सुनहरे रँगे शब्द को
जो लुढ़का पड़ा था
राजसिंहासन की गोद में
कर दिया घोषित उसे
जघन्य अपराधी!

इतिहास

मेरी स्मृतियों में
राक्षस नहीं
डरावने देवता हैं
जो चैन से
सोने नहीं देते मुझे

हर एक दिन
बलि चढ़ता है
देवताओं के थान पर
फूटती है रक्तधार
मेरी रक्त शिराओं से

फिर भी बचा है अभी तक
मेरा वजूद
टूटे-फूटे मिट्टी के बर्तनों की शक्ल में
जो दबे पड़े हैं
खँडहरों के नीचे
इतिहास बन कर

जितना खोदोगे
उतना गहरे पाओगे मुझे

जितना तोड़ोगे
ढहाओगे

जलाओगे
फिर भी बचा रह जाऊँगा
फैल जाऊँगा चारों ओर
हवा में उड़ती राख की तरह

राख बनेगी मिट्टी
मिट्टी से उपजेगा पौधा
पौधे से बनेगा पेड़

पेड़ की डगालें
जब हिलेंगी
भय से थरथराओगे तुम
दोहराओगे मंत्र
फिर भी,
रह जाओगे निपट अकेले

असहाय, देवताविहीन!

असहमति

मैं भी चाहता हूँ
मेरे शब्द सहना सीख जाएँ
विश्वास में छले गये
हताश क्षणों की पीड़ा
भूल जाएँ पसीने और रक्त से भीगी पीठ पर
कोड़ों के निशान

भूल जाएँ
मरीचिकाओं में डूबी बेचैनी
बोझिल, उदास, यंत्रणाएँ
गर्दन पर कसी सख़्त पकड़

निस्तब्ध नग्नता की
असहनीय बेड़ियों में जकड़े हाथ-पाँव
असत्य और कुतर्क के आध्यात्मिक जंगलों में
भटकती विषाक्त आत्माएँ
देवदार के ऊँचे और पतले दरख़्तों की
घनी छायाएँ
अतृप्त धरती की हलकी करवटें
जो दस्तावेज़ों की तरह
लिखी हुई हैं ज़र्रे-ज़र्रे पर

जिनके अक्स करते हैं आतंकित
तोड़-मरोड़कर फेंक देती हैं

समूची नस्लों को
घुटी-घुटी असहज उड़ानें
चिपचिपे महासागर में
हिंस्र जल-जन्तुओं के बीच

मैं भी चाहता हूँ
सहना सीख जाएँ मेरे शब्द
बाहर-भीतर के समूचे अन्धकार को

सुनसान रास्ते के दोनों ओर
मौन खड़े युक्लिपटिस
मुस्कुराएँ
अपनी उदासी छोड़कर

मैं भी चाहता हूँ
मेरे शब्द सीख जाएँ
असहमति में सिर हिलाना!

आन्दोलन

उनके मासूम और कोमल चेहरे
तमतमा रहे थे गुस्से में
ज़िद्दी बच्चे की तरह
उन्होंने पत्थर उठाया
और पास से गुज़रती बस के शीशे पर
दे मारा
शीशा चूर-चूर होकर
बिखर गया

भीड़ में खड़े शातिर लोगों ने
तालियाँ बजायीं
ज़िन्दाबाद के नारे उछाले
टायरों की हवा खिसक गयी
जम्हाई लेने लगीं बंदूक़ें
मुँह फेरकर

शीशों के टूटने की खनक
शैम्पू से धुले रेशमी बालों
और जींस की सरसराहट में खो गयी
कोमल और मासूम चेहरों पर
ख़ूँख़ार जंगली जानवरों के चेहरे
उभरने लगे

पत्थर फिर उछला

हवा में लहराकर गिरा
भीड़ के बीच
जय-जयकार करती बंदूक़ें
शामिल हो गयीं
पत्थरों के शोर में

टूटे हुए शीशे की किरिचें
सड़क के स्याह रंग में
बँट गयी अनेक सूर्यों में
सहम गयीं धू-धू जलती दुकानें
बिना धुएँ की आग में

किताबें सहेजकर पन्ने पलटते
नर्म हाथों में
थमा पत्थर देखकर
लगा जैसे समूचा पहाड़
शर्मसार होकर नदी के रास्ते
धँस जायेगा समंदर में

समंदर : जिसके फेफड़े जख़्मी हैं
पहाड़ के स्पंदन से

पत्थर उछालते हाथों की तस्वीरें
एक दूसरे को दिखाते
मुस्कुराते चेहरे
सड़क पर बिखरे शीशे के टुकड़ों में
नहीं देख पाते हैं
अपना अक्स

लगा दिया है
बड़े चौराहे पर
आत्मदाह में झुलसे युवक के नाम का
शहीदी शिलालेख

काँच के टुकड़े
अलग-अलग हिस्सों में बँटकर
कर रहे हैं इन्तज़ार
धूल बन जाने का

दिशाहीनता के इस युग में
पथरीली पगडंडियों-सा
हृदय उनका बेहद कमज़ोर है
जो ज़रा से झटके में
धड़कना छोड़कर शान्त हो जायेगा

धरती के हरेपन को हरापन कहने की
उम्मीदें अभी मौजूद हैं
उस आदमी की आँखों में
जो पत्थर और शीशे के बीच
रखता है हौसला
दीवार बनकर खड़ा रहने का।

रोशनी के उस पार

रोशनी के उस पार
खुली चौड़ी सड़क से दूर
शहर के पश्चिम किनारे
गन्दे नाले के पास
जहाँ हवा बोझिल है
और मकान छोटे परस्पर सटे हुए

पतली वक्र-रेखाओं सी गलियाँ
जहाँ खो जाती हैं चुपचाप

बन जाती हैं
सपनों की क़ब्रगाह
भूख की अँधेरी गुफ़ाएँ
नंगे घूमते बच्चों की आँखों में

अँधेरे-उजालों के बीच
गुप्त-सन्धि के बाद
गली के खम्भों पर रोशनी नहीं उगती
पानी नहीं आता नल में
सूँ-सूँ की आवाज़ के बाद भी

रह जाती है सीमित
अख़बार की सुर्ख़ियों तक
विश्व बैंक की धन राशि

रोशनी के उस पार
जहाँ आदमी मात्र एक युनिट है
राशन कार्ड पर चढ़ी हुई
या फिर काग़ज़ का एक टुकड़ा
जिसे मत पेटी में डालते ही
हो जाता है वह अपाहिज
और अभिशप्त भी

रोशनी के उस पार
जहाँ सूरज डूबता है हर रोज़
कभी उगता नहीं
भूले-भटके भी
जहाँ रात की स्याही
दबोच लेती है
कालिख बनकर
परस्पर सटे और
अँधेरे में डूबे
मकानों को
और,
लील जाती है
कुनमुनाते सपनों को
किसी अजगर की तरह!

रंगों का बोझ

दरअसल वह कोई शहर नहीं
एक पुराना टीला है
जिसके नीचे दबे हैं ढेरों नर-कंकाल

कंकालों के ढेर पर खड़े होकर
उन्हें लगता है
वे सबसे ऊँचे शिखर पर
चढ़ गये हैं
और जब गुर्राते हैं
तो काँप जाता है समूचा देश

वे जब पीली टोपी पहनते हैं
तो उसका रंग पीला ही नहीं होता
इसी तरह लाल रंग वाले
पीले को लाल कहने का
भ्रम पैदा करते हैं

नीला भी नीला नहीं होता
न सफ़ेद ही होता है सफ़ेद

रंगों के इस घालमेल में
फँसा आदमी
जब तक कुछ समझ पाता है
उसके जिस्म का कोई हिस्सा

हो चुका होता है अपंग
नहीं उठ पाता है
तमाम कोशिशों के बाद भी

उसकी पीठ
नहीं उठा पाती रंगों का बोझ

आवाज़ों के शोर में
डूबती सिसकियाँ
बनकर रह जाती हैं ठंडी साँसें
टँग जाती हैं
मक़बूल फ़िदा हुसैन की पेंटिंग बनकर
पाँच सितारा होटल में
या किसी व्यवसायी के अतिथि कक्ष में।

विध्वंस बनकर खड़ी होगी नफ़रत

तुमने बना लिया
जिस नफ़रत को अपना कवच
विध्वंस बनकर खड़ी होगी रूबरू एक दिन

तब नहीं बचेंगी शेष
आले में सहेजकर रखी बासी रोटियाँ
पूजाघरों में
अगरबत्तियाँ धूप और नैवेद्य
नहीं सुन पाओगे
बच्चों का खिलखिलाना
चिड़ियों का चहचहाना

बन जायेगा फाँसी का फन्दा
गले में लिपटा कच्चा धागा

ढूँढ़ लो कोई ऐसा शंख
जिसकी ध्वनि पी सके इस ज़हर को
या फिर कोई मणि
जो बचा सके
नागिन-सी फुँकारती नफ़रत से

विध्वंस बनकर खड़ी होगी
एक दिन यह नफ़रत

तुम्हारे दरवाज़े पर
जहाँ तुमने उकेर रखे हैं शुभ चिन्ह
अपशकुन से बचने के लिए!

विरासत

आदि सभ्यता के वंशज आप
धर्म-कर्म-ज्ञान-ध्यान में अग्रणी
लिखा है आपकी पुस्तकों में

बात-बेबात किया अबे-तूबे
नाहक पीटा, मारा
लूटा-खसोटा आपने

हम जोत रहे थे खेत
सिल रहे थे फटे जूते
बुहार रहे थे सड़क
घर-आँगन आपके

झुके-झुके हो गयी थी
कमर टेढ़ी हमारी

लोहा, लंगड़,
गारा-सीमेंट
ईंट-पत्थर
सभी पर है
स्पर्श हमारा
लगे हैं जो घरों में आपके

फिर भी बना दिया आपने

हमें अछूत और अन्त्यज
भंगी-डोम-चमार
माँग-पासी और महार

छूना भी जिन्हें पाप
हिस्से में जिनके सिर्फ़
उपेक्षा और उत्पीड़न
'जाति' कही जाए जिनकी नीच
आप बता सकते हैं
यह किस सभ्यता और संस्कृति की देन है?

बयान

वे चाहते हैं
मैं शामिल रहूँ उनकी बहसों में

उनकी सहृदयता का बनावटीपन
छुप नहीं पाता है उनके वक्तव्यों में
जो उन्होंने दिये हैं
अँधेरों को धूप का अक्स कहकर

उनके बयानों में
कहीं नहीं है मेरा जिक्र

उनकी फुसफुसाहटें, क़हक़हे
चुभते हैं डंक की तरह
मेरी पीठ पर

मेरी जिह्वा पर उतर आती है
अधबुझी भट्ठी की आग
जहाँ अक्सर जली हैं मेरी हड्डियाँ
ईंधन बनकर

फिर भी वे चाहते हैं
मैं शामिल रहूँ
उनकी बहसों में

कहता रहूँ उनकी 'हाँ' को 'हाँ'
'ना' को 'ना'

आप ही बताइए
मैं ऐसा कैसे कर सकता हूँ!

अपने हिस्से की रोटी

मैंने माँगी
अपने हिस्से की रोटी
वे उठ खड़े हुए
हाथों में अँगारे लेकर

हवा में फैल गयी चिरायँध

कोई देवता नहीं पसीजा
नहीं हुई आकाशवाणी
ईश्वर ने भी नहीं लिया अवतार

ओ, हज़ारों साल पुराने देवताओ
मैं नकारता हूँ
तुम्हारे अस्तित्व को

मैं लड़ूँगा
अपनी हड्डियों के वज्र से
जिसकी मूठ पर चिपकी हैं
निर्दोष बच्चों की सिसकियाँ
लुटी-पिटी स्त्रियों का प्रतिशोध!

चुप्पी टूटेगी

जितना रहोगे चुप
मारे जाओगे बेदर्दी से उतना ही

उनके हाथों में होंगे
तमंचे, बंदूक़, लाठी, डंडे, हथगोले
साथ होगी पुलिस, सेना, शक्ति
और तुम निहत्थे
मारे जाओगे
बचकर भागने से पहले ही
तुम्हारी चुप्पी ही हो जायेगी खड़ी
तुम्हारा रास्ता रोककर

मिलेंगे वे हथियारों से लैस
हर मोड़ पर
हर जगह
भेष बदल-बदल कर

आवाज़ें होंगी जानी-पहचानी
फिर भी नहीं पहचान पाओगे चेहरे

मारे जाओगे
इतना तो तय है

बचा सकते हो तो कोशिश करो

बचाने की उन्हें
जो अभी जन्मे भी नही हैं

तुम्हारी चुप्पी टूटेगी
तो बनेगी दस्तावेज़
जो लिखोगे
डरी, सहमी हवाओं के सीने पर,
उनके लिए
जिन्हें अभी जन्म लेना है

वे गर्वित होंगे
बड़े-बूढ़ों से सुनकर तुम्हारी कहानियाँ
लम्बी-लम्बी रातों में
पुआल के भीतर दुबककर!

ऐसा क्यों होता है

ज़मीन पर झुका
बित्ता भर आदमी
बन जाता है
कभी कोयला
कभी लोहा और सीमेंट
कभी गेहूँ
  दाल
  दूध
  सब्ज़ियाँ
  या फिर मीट
        बन जाता है
        तन ढँकने के वस्त्र
  फिर भी रह जाता है
  भीड़ का हिस्सा बनने से

  ऐसा क्यों होता है?

शब्द चुप नहीं हैं

अख़बार की हर एक पंक्ति में
पसरे शब्द
निरे शब्द नहीं होते
न होते हैं हाथ बाँधकर
सिर झुकाये पंक्तिबद्ध खड़े लोग ही

शब्द सिर्फ़ एक ख़बर भी नहीं होते
जिसे पढ़ा जाये और दूसरे ही पल
भूला दिया जाये

छपे शब्द दीख पड़ते हैं
जितने ख़ामोश
उतने नहीं होते
एक दूसरे से सटकर
नहीं करते गुप्त मंत्रणा
न फुसफुसाकर कहते हैं कोई बात

शब्द सपनों में भी नहीं चीख़ते

लाँघते भी नहीं एक ही झटके में
साधना चक्र की तमाम सीढ़ियाँ

शब्दों के चेहरों पर
चढ़ी होती हैं अनेक रंगों की परतें

जिनके पीछे छिपे होते हैं
अनेक अर्थ

बरसों-बरस लम्बी यात्रा पर निकले शब्द
भूल जाते हैं अपना वंश, अपना नाम

फिर भी
शब्द चुप नहीं रहते
वे बोलते हैं
खोलते हैं भेद
भरते हैं साहस
'हाँ' का 'हाँ'
और 'ना' का 'ना' कहने का!

अच्छा ही हुआ

अच्छा ही हुआ
मैं नहीं जन्मा
उच्चवर्णीय माँ के गर्भ से

होता मैं भी
संवेदनहीन
जड़
परजीवी
फूँकता कान में मंत्र
नवजात शिशु के
जात-पाँत के प्रपंच का

अच्छा ही हुआ
मैं नहीं जन्मा
उच्चवर्णीय माँ के गर्भ से

बच गया मैं
श्रेष्ठता की अहमन्यता से
पाखंड की देहरी से

बची रह गयी
मेरे पास
रिश्तों की अपार ऊर्जा

जहाँ प्रज्वलित है
असंख्य अग्नि कुंड

मरते-मरते मेरा बाप
थमा गया
मेरे हाथ में कलम
झाड़ू की जगह
कालग्रस्त अँधेरों की सिसकियाँ
और मुक्ति का घोषणा-पत्र
लिखने के लिए

अच्छा ही हुआ
मैं नहीं जन्मा
उच्चवर्णीय माँ के गर्भ से!

अब और नहीं

आँख मिचौली खेलने का समय नहीं है यह
सँभल-सँभलकर क़दम रखने वाले भी
मारे जायेंगे फर्जी मुठभेड़ों में
या फिर साम्प्रदायिक दंगों में

गन्दगी के ढेर में किलबिलाते कीड़ों की तरह
ख़ामोश जीकर भी क्या मिला
होंठों की मुक्त हँसी
और उँगलियों की सहज स्निग्धता
कहाँ गयी

अदम्य साहस और अपरिमित धैर्य
रक्त की गर्मधार बनकर बह गये
बरसाती गंदले पानी की तरह
या चिरायँध फैलाकर जल गये
अकस्मात लगी आग में

हज़ारों साल का मैल
रगड़-रगड़कर निकालने में
समय ज़ाया मत करो
भीड़ भरी सड़कों पर
यातायात के बीच अपनी जगह बनाकर
रुकने का संकेत पाने से पहले
लालबत्ती का चौराहा पार करना है

छद्मवेशी शब्दों का प्रलाप जारी है
सुन चुके अर्थहीन तर्क भी
बहुत दिन जी चुके हताशा और नैराश्य के बीच
कलाबाज़ियों और चतुराई भरे शब्दों का
खेल हो चुका
अब और नहीं
तय करना होगा
कहाँ खड़े हो तुम
साये या धूप में!

अखाड़े की माटी

कुश्ती कोई भी लड़े
ढोल बजाता है सिमरु ही
जिसके सधे हाथ
भर देते हैं जोश पूरे दंगल में

उछलने लगती है
मिट्टी अखाड़े की
ताक धिना धिन... ताक धिना धिन...
झाँकने लगते हैं लोग
एक दूसरे के कन्धों के ऊपर से
उचक-उचककर

बहुत गहरा रिश्ता है
सिमरु और ढोल का—
जैसे साँस और धड़कन

ढोल ख़ामोश है
तो ख़ामोश है
अखाड़े की माटी

ख़ामोश ढोल को
जगायेंगे हाथ सिमरु के
ढोल बजेगा
जागेगा अखाड़ा

जागेगी माटी अखाड़े की

माटी ही तो है
जो स्वीकारती है सभी को
अच्छे हों या बुरे
हर रूप में!

●●●